par Yon

Yf 7301

LA FOLIE
ET L'AMOUR.

COMEDIE EN UN ACTE
ET EN VERS.

Repréſentée pour la première fois par les Comédiens Français ordinaires du Roi le 2 Octobre 1754.

Le Prix eſt de 24 ſols.

A PARIS,

Chez DUCHESNE, Libraire, rue
S. Jacques, au-deſſous de la Fontaine
S. Benoît, au Temple du Goût.

M. DCC. LV.

Avec Approbation & Privilège du Roi.

A MONSIEUR

DE BOISSI,

DE L'ACADÉMIE FRANÇAISE.

MONSIEUR,

Le public n'a pas couronné l'hommage que je vous destinois ; mais votre générosité m'a consolé, puisque malgré la disgrace de ce petit ouvrage, vous m'avez permis de vous le dédier.

Ce n'est qu'à l'abri du nom d'un Auteur également estimable par son esprit & par ses mœurs que j'ose le produire : on sera sans doute curieux de jeter les yeux sur une Comédie dont vous ornez le frontispice ; on y soupçonnera quelques agrémens, & je vous devrai le bonheur d'être lû.

Le premier corps litteraire de l'Europe n'a pû méconnoître en vous, MONSIEUR, ce qui caractérise l'Ecrivain exact, poli & spirituel; vos ouvrages vous avoient recommandé; mais ces titres ne suffisent point dans une Compagnie vertueuse. M. Destouches n'étoit plus; il lui falloit un successeur qui eût ses talens, sa probité; & l'Académie a trouvé en vous ce qui pouvoit réparer sa perte.

Vous voilà donc, MONSIEUR, où tout le monde vous desiroit; vous avez pris place au temple de mémoire; le vœu public vous y a porté, & votre réception a été une espece d'apothéose.

Vous êtes venu, couvert de lauriers, tendre la main à votre ami dans l'affliction. Celui qui conçoit & qui écrit délicatement est rarement sans un cœur noble. Un revers auquel je croyois ne devoir pas m'attendre, m'avoit jetté dans l'abattement; vous m'avez serré dans vos bras; j'y ai respiré de la Philosophie, du courage; c'en est fait, je ne suis plus sensible qu'au bonheur d'être aimé d'un des plus honnêtes hommes de France. Je suis avec l'attachement le plus inviolable,

MONSIEUR,

Votre très-humble & très-
obéïssant Serviteur & ami
Y***, .

PRÉFACE.

CETTE petite Piéce a été retirée après la premiere représentation : il eût été peut-être avantageux pour l'Auteur qu'on en eût risqué une seconde. Un grand nombre de personnes ont paru le désirer. Une revision a quelquefois ramené le public ; mais quand un accueil n'est pas décisivement favorable, il est d'un homme sage de ne se plus remontrer.

On ne peut se plaindre du spectateur ; il a été tranquile, il a écouté, il a même aplaudi plusieurs fois, jusqu'à l'endroit où un grand rôle mal sçu, & conséquemment mal débité, a commencé à l'indisposer. La présence d'une Actrice inimitable n'a pu relever l'ouvrage, le coup mortel étoit porté. Seroit-ce aussi que l'allégorie n'étoit pas ce jour-là du goût du Public ? Peut-être, osera-t-on le dire ? elle n'a pas été sentie par le grand nombre ; les allusions aux mœurs & aux passions lui ont échappé. Il comptoit sur une folie bruyante, évaporée, sur un amour semillant, persifleur : point, l'Auteur ne s'est attaché qu'à les rendre, autant qu'il a été en lui, décents, spirituels & délicats. La multitude s'attendoit à rire, & l'Auteur n'a eu d'autre objet que celui de plaire aux gens de goût.

Qu'on daigne permettre quelques réflexions sur le sort des Pièces de théâtre. On entend dire tous les jours qu'on ne doit plus s'attendre à de grands succès. C'est une erreur. Il est vrai qu'ils dépendent trop souvent des causes les plus bizarres. On seroit quelquefois porté à croire que le public a ses jours d'indulgence & de rigueur, & que sa faveur est en quelque façon intermittente. Seroit-ce une extravagance que d'avancer, telle Pièce a été applaudie hier, qui seroit peut-être tombée aujourd'hui. Telle autre sera siflée demain, qui auroit trouvé grace le jour suivant. Au reste cette opinion n'est soutenable qu'en supposant deux ouvrages d'un mérite à peu-près égal. Qui peut leur procurer une destinée si différente ? L'influence du jour. Le corps démocratique vient voir une Pièce nouvelle, & il se trouve heureusement dans des dispositions favorables. On commence ; on bat des mains à chaque mot ; le Comédien animé correspond à la bienveillance du Partérre ; on se passionne, on s'extasie ; l'enthousiasme de l'admiration gagne tous les esprits ; la chaleur des applaudissemens ne laisse rien entrevoir de défectueux , & l'ouvrage est décidé bon, parce qu'on a été le voir avec l'envie de le trouver tel.

Une disposition contraire en fait tomber une autre. On arrive ; on écoute froidement ; l'Auteur est sans crédit, sans cabale ; le peu d'amis qu'il a ne sont point des enthousiastes : le public qui s'apperçoit qu'on ne s'intéresse point visiblement au succès de la Pièce, en tire un mauvais augure ; il n'a reçu aucune secousse qui pût l'émouvoir ; le Comédien se décourage, & l'ouvrage tombe parce que l'Auteur ne jouït pas d'une grande réputation, qu'il a dédaigné de se former un parti, & qu'il n'a pas soudoyé la moitié du Parterre.

Mais qu'arrive-t-il souvent à ces ouvrages si chaudement reçus ? Ils paroissent à l'impression, & les admirateurs refroidis par la cessation de l'accès, rougissent des suffrages qu'ils ont prodigués : ils ne peuvent lire ce qu'ils ont applaudi.

A iv

Tout le monde connoît la fable ingénieuse de la Fontaine, qui a fourni le sujet de cette petite Pièce. L'Auteur a imaginé qu'étant mise en action, elle pourroit présenter une image assez riante : mais il falloit sauver aux yeux du spectateur l'aveuglement réel de l'amour causé par un emportement de la folie. C'est ce qui a été exécuté le plus adroitement qu'il a été possible à l'Auteur. La supposition d'une conjuration tramée par la Folie, & concertée entre l'Amour, Momus, Plutus, & Jupiter même, contre les mœurs trop austeres de l'Olimpe, est le moyen qui amene l'aveuglement feint de l'Amour ; & l'Oracle qui ordonne que la Folie lui servira de guide, & sera son épouse, est l'époque qui met fin à l'age d'or. Voilà en peu de mots le programe de cette petite Comédie. Que l'homme d'esprit daigne la lire, & qu'il prononce.

LA FOLIE
ET L'AMOUR

A v

ACTEURS.

CIBELE.
JUPITER.
JUNON.
VENUS.
L'AMOUR.
PSICHÉ.
LA FOLIE.
MOMUS.
PLUTUS.
EOLE.
SUIVANS DE LA FOLIE
ET DE L'AMOUR.

La Scène est dans l'Olimpe.

LA FOLIE
ET L'AMOUR.

SCENE PREMIERE.

LA FOLIE, MOMUS, *entrant par deux côtés différens.*

LA FOLIE.

ON jour, mon bon ami : je te cherchois.

MOMUS.

Pourquoi ?

LA FOLIE.

J'aime à te voir.

MOMUS.

Eh bien, regarde-moi.

A vj

LA FOLIE.

Tu n'es pas beau, mais tu sais plaire.

MOMUS.

Je le crois bien : Momus est tourné de maniere
A subjuguer le cœur le plus cruel.

LA FOLIE.

Oh, si tu fais le fat, tu perds tout ton mérite.

MOMUS.

Veux-tu qu'en faux modeste, en sot, en hipocrite?...

LA FOLIE.

Non, je veux que tu sois ce que t'a fait le Ciel :
Badin, léger, railleur, spirituel.

MOMUS.

Tu moralises ?

LA FOLIE.

Oui : je deviens décrépite,
La gravité du céleste séjour
A tout moment & m'excéde & m'irrite :
Ah ! j'en perdrai l'esprit. Que dit-on à la Cour ?

MOMUS.

Rien. Nos Déesses tour à tour
Se traitent en famille, & se rendent visite :
On y digere en parlant sentiment :

L'Amour, le triste Amour près de Psiché sommeille,
Junon à son époux s'acharne constament,
Jupiter en mari s'endort nonchalament :
    Et tous nos Dieux en secouant l'oreille
Paroissent accablés du cérémonial,
    Et plus encor du fardeau conjugal.

LA FOLIE.

Hé, quel nom donnent-ils à ce tems léthargique ?

MOMUS *en baillant.*

    Mais ils l'appellent l'âge d'or.

LA FOLIE.

L'âge d'or ! où l'esprit captif, mélancolique
    N'ose penser & se donner essor !
Où des vieux préjugés l'empire tirannique
    Retient le cœur dans ses stupides fers !
    Momus, changeons le sort de l'univers ;
    Signalons-nous : qu'il doive à la Folie
L'usage de l'esprit & celui des plaisirs :
Versons dans tous les cœurs cette heureuse saillie
    Qui fait éclore les désirs.

MOMUS.

J'aime assez ce projet : mais Junon s'en défie ;
Elle veut sous ses yeux te fixer à sa Cour ;
    Qui pis est, elle te marie.

LA FOLIE.

Elle me hait donc bien pour me jouer ce tour ?
Sais-tu quand nous verrons paroître
La dupe à qui l'on engage ma foi ?

MOMUS.

Que dirois-tu si c'étoit moi ?
M'aimes-tu ?

LA FOLIE.

Je ne sais :

MOMUS.

M'aimeras-tu ?

LA FOLIE.

Peut-être ;

MOMUS.

Et moi je t'aime trop pour te donner un maître.

LA FOLIE.

Un Maître ! ah , désabuse-toi.
Sais-tu que tu me fais presque naître l'envie
De te donner la main pour te faire enrager ?

MOMUS.

Je demande quartier à l'aimable Folie ;
L'hymen n'est point mon fait.

LA FOLIE.

Je saurois te ranger
S'il m'en prenoit la fantaisie :
Car, soit dit entre nous, je te crois libertin,
Laissons cela. Je t'ai parlé d'un grand dessei
Digne de moi : j'ose en attendr
La conquête du monde entier.
L'Amour & Jupiter me le font entreprendre
Du joug de leur grandeur ils sont las de dépendre,
Et sous main ils m'ont fait prier
De les soustraire à la tutelle
D'une moraliste fémelle,
Toujours contrariante, & qu'Astrée & Junon
Assez improprement appellent la raison.
D'un trône mal rempli je veux qu'elle descende ;
Et bientôt à sa place il faut que je commande.

MOMUS *ironiquement.*

Grande reine, je fais des vœux pour ce projet ;
S'il réussit, daignez récompenser mon zele.

LA FOLIE.

Va, va, je te protege, & si tu m'es fidele ;
Tu seras mon ministre, & mon premier sujet

MOMUS *ironiquement.*

Si sur ce front auguste on voit le diadéme ;
Les Dieux pour partager votre pouvoir suprême

Vont briguer votre main, & vous faire la cour.

LA FOLIE.

Mon choix est fait, & je veux dès ce jour
Prendre un époux, l'associer au trône,
Et régner sous son nom.

MOMUS.

Quel est l'heureux ? . . .

LA FOLIE.

L'Amour.

MOMUS.

Croyez-vous que Psiché sans bruit vous l'aban-
donne ?
Depuis plus de mille ans l'Amour est son époux.

LA FOLIE.

Depuis mille ans aussi les ennuis, les dégouts
Du pauvre petit diable assiégent la personne,
Je veux le délivrer, par amour, par pitié
Des persécutions de sa sote moitié :
Elle fait voir un riche bandeau.
Et ce bandeau que je lui donne
Du Roi de l'Univers deviendra la couronne.

MOMUS.

Mais ce bandeau, trop large pour son front,
Tombera sur ses yeux ?

LA FOLIE.

C'est ce que je désire
Qu'importe ? Si c'est moi qui le guide, l'inspire,

MOMUS.

Vous en ferez un Dieu folâtre, vagabond,
Qui de feux insensés embrâsera la terre :
Qui sans égard à l'âge, au caractere
Dans les premiers instans enchantera les cœurs ;
Mais dont l'hymen bientôt éteindra les ardeurs.

LA FOLIE.

De mes desseins qui t'a fait confidence ?

MOMUS.

Un peu de jugement, & quelque prévoyance.
Mais qui consolera les sinceres amours ?

LA FOLIE.

Deux grands maîtres ; le tems, & surtout l'incon-
stance.

MOMUS.

Du beau sexe trahi quel sera le recours ?

LA FOLIE.

Les larmes, le dépit pendant deux ou trois jours,
Un ami tendre, à qui l'on doit sa confiance,
Et le plaisir de la vengeance,

MOMUS.

Que votre majesté va faire de bons tours !

LA FOLIE.

Et toi, Momus, tu vas bien rire.

MOMUS.

D'un déluge imprévu de traits & de bons mots
Je m'en vais inonder les jaloux, & les sots.
Piquante raillerie, ingénieux délire,
Embrasez mon esprit du feu de la satyre....

LA FOLIE.

Modére ce transport, j'aperçois Jupiter
Qui conjugalement s'ennuie & se promene.

SCENE II.

JUPITER, JUNON, LA FOLIE, MOMUS.

JUNON *tenant la main de Jupiter, & parlant vers les coulisses.*

Qu'on attelle mes paons ; je me sens hors d'haleine :
Chez la mere des Dieux je m'en vais prendre l'air.
Mon cher époux veut-il en mon char prendre place?

JUPITER.

Non , Madame , je vous rends grace.

JUNON.

Qu'avez-vous donc ? Vous êtes bien rêveur.

JUPITER.

Rien , ma Déesse.

JUNON.

Mais encore?

JUPITER.

Je ne fais quoi me manque, & je fens dans mon
  cœur
Un vuide affreux.

JUNON.

J'en ai la plus vive douleur.
Comment fuis-je à vos yeux ?

JUPITER.

Belle. . . . Je vous adore.

JUNON.

De la bouche d'un cher époux
Que ce langage eft obligeant & doux !
Si vous faviez auffi combien je vous honore.

JUPITER.

Ah, Madame !

JUNON.

Ah, Seigneur ! que notre exemple eft beau !
Nous fommes de l'hymen le plus parfait modele.

JUPITER.

Oui, Madame.

JUNON.

L'Amour, par fon chafte flambeau,
Entretient dans nos cœurs une flâme éternelle.

JUPITER,

Oui, Madame.

JUNON.

Et son divin feu
Incessamment s'y renouvelle.

JUPITER.

Oui, Madame.

JUNON.

Que cet aveu

A la Folie qui éclate de rire.

A de charmes pour moi ! Vous riez insolente ?

LA FOLIE,

Oui, Madame.

JUNON.

Eh de quoi ?

LA FOLIE,

De l'insipidité

Qui règne en vos propos,

JUNON.

Vous osez, moi présente,
Tourner en ridicule une félicité
Qui mutuellement nous ravit, nous enchante ?

(*à Jupiter.*) Seigneur, il faut d'un coup d'autorité,
Sous le joug de l'hymen enchaîner cette folle :
Vous me l'avez promis, j'en ai votre parole ;
Son caractere perce, & malgré mes leçons
Sur sa conduite j'ai de furieux soupçons.
Pour nos Divinités je crains quelque scandale.

LA FOLIE.

Que votre pruderie à son aise s'exhale :
Oh, si j'étois de vous, je me trouverois mal.

JUNON *animée.*

Mon cher époux, vous venez de l'entendre ;
Elle sort du respect, il faut sans plus attendre
L'assujettir au frein du pouvoir marital.

JUPITER,

Qui lui destinez-vous ?

JUNON.

Momus que je soupçonne
D'avoir trouvé le chemin de son cœur,
Doit se charger aussi du soin de son honneur.

MOMUS.

J'ai lieu d'être flaté de l'emploi qu'on me donne ;
Ce choix m'est glorieux, & l'auguste Junon
Veut que je sois l'exemple & le patron
De ces réparateurs commodes & dociles

Qui viendront au secours des vertus trop fragiles;
Hé le grand Jupiter est-il de cet avis ?

JUPITER.

Je veux que de Junon les ordres soient suivis,
à l'oreille de Momus & de la Folie.
N'en fais rien cependant, ni toi non plus, mi-
gnone,

JUNON *à la Folie.*

Votre main dans la sienne ; allons donc ; je l'ordonne :
Au nom du Stix jurez qu'un éternel lien....

MOMUS,

Nous jurons par le Styx....

LA FOLIE.

Que nous n'en ferons rien,

JUNON.

Quoi, de Divinités un couple subalterne
Ose désobéir à la reine des airs ?

JUPITER.

Ils ont pris à témoin le redoutable Averne ;
Leurs sermens violés armeroient les enfers,

JUNON.

Vous ne punirez point leur désobéissance ?

LA FOLIE à part.

Ah, que ces prudes ont de goût pour la vengeance !
(*haut.*)
Avec moins de vertu vous auriez moins d'aigreur ?

JUNON à la Folie.

Vous ne voulez donc pas qu'un chaste hymen ré-
pare. . . .

LA FOLIE.

Non, Madame, je veux qu'une riante humeur
Guide mes pas, & quelquefois m'égare ;
Et si de moi l'Hymen s'empare,
Soyez sûre que mon vainqueur
Jusque dans mes écarts trouvera son bonheur.

JUNON.

Si la raison n'éclaire une union bizarre. . . .

LA FOLIE *en fuyant.*

Oh ! votre exemple me fait peur.

SCENE III.

SCENE III.

JUPITER, JUNON, MOMUS.

JUNON.

L A route du désordre une fois aplanie,
Nous verrons déserter celle de la raison.

JUPITER, *froidement.*

Cela seroit facheux.

JUNON.

Si l'on n'y remédie,
Votre trône, Seigneur, par une trahison
Peut être renversé.

MOMUS.

Mais c'est craindre son ombre,
Qui ne cherche qu'à rire occupe son loisir
Du badinage & du plaisir.
Ce n'est que d'un esprit melancolique & sombre
Qu'on peut appréhender de funestes revers :
Nous ne voulons, folâtres Philosophes,
Nous amuser que d'aimables travers :

B

Si jamais dans le monde il est des catastrophes,
Du sein de la tristesse on les verra sortir.

JUPITER.

A ce raisonnement on ne peut qu'applaudir.

SCENE IV.

CIBELE, JUPITER, JUNON, L'AMOUR, PSICHÉ, MOMUS.

JUPITER.

Cibele avec Psiché vient pour vous voir,
                   Madame :
Les voici.

JUNON.

       Des fauteuils. Bon jour mere des Dieux,
Le bonheur de vous voir m'est toujours précieux ;
Embrassons-nous.

CIBELE.

        Et de toute notre ame,
(*à l'Amour & à Psiché.*)
Vous, jeunesse, sautez au col de Jupiter,

(*Les Déesses, Jupiter & l'Amour s'asséyent,*
Momus reste debout.)
Il est bien gracieux de voir dans sa famille
(*un silence.*)
Régner tant d'amitié! Que dites-vous, ma fille?
(*s'admirant elle-même.*)

JUNON.

Que vous êtes toujours mise du meilleur air !
[*Jupiter & l'Amour s'assoupissent.*]
Votre coéfure est d'un gout qui m'enchante;
Et vous sied à ravir.

CIBELE.

Vous êtes obligeante.
[*autre silence de mines & d'éventail.*]

PSICHÉ.

[*à Cibele.*]
Il fait bien beau, Madame.

CIBELE.

Oui, le tems est charmant.
[*à Junon.*]
Que votre compagnie est pour moi séduisante !

MOMUS, *à part.*

Entendit-on jamais rien de plus assommant ?

PSICHÉ *à Junon.*

Comme des airs vous êtes souveraine ;
Nous nous flatons de respirer longtems
Des doux zéphirs l'aimable halcine.

JUNON.

Mes ordres sont donnés encore pour cent ans,

MOMUS,

Cent ans ! miséricorde, ah ce terme est énorme !
[*à Junon.*]
Hé, Madame, laissez reposer les zéphirs,
Dans la grandeur, une vie uniforme
Assoupit l'ame, éteint jusqu'aux désirs,

CIBELE *à Momus.*

Taisez-vous, libertin : allez, que l'on s'informe
Si le brillant Phébus a terminé son cours.

MOMUS.

Il ne peut avoir fait son immense carriere :
Nous sommes dans les plus longs jours,

CIBELE.

[*à Momus.*]
Voyez,

S C E N E V.

CIBELE, JUPITER, JUNON, PSICHÉ, L'AMOUR,

JUNON à Cibele.

QUE voulez-vous du Dieu de la lumiere ?

CIBELE.

Que dans ses vers, que dans ses chants
Il célebre l'anniversaire
Du jour où Jupiter foudroya les titans.
[*à l'Amour & à Psiché.*]
Mes enfans, allons donc, dites-vous quelque chose ?

L'AMOUR *en se frottant les yeux.*

Maman, je n'en puis plus…Ah !.. C'est donc
vous, … Psiché !

PSICHÉ.

De ta premiere ardeur tu t'es bien relaché !

L'AMOUR.

Je l'avoue à regret ; n'en sais-tu point la cause ?
Car enfin, pour t'aimer je fais tous mes efforts.
Ne sens-tu pas aussi refroidir tes transports ?

B iij

PSICHÉ,

Je vous aime toujours, & le devoir m'impofe....;

L'AMOUR.

Le devoir ! que ce mot rend l'amour languiffant !

CIBELE *à Jupiter.*

Vous dormez, mon fils ?

JUPITER.

> Oui, Madame, je repofe ;
Le loifir eft bien accablant.

CIBELE.

Il faut vous diffiper.

JUPITER.

> Hé le puis-je, ma mere ?
Je ne défire rien, je n'ai donc rien à faire.

CIBELE.

Selon notre étiquette il vous faut aujourd'hui
Ecouter avec nous l'harmonieux mélange
Qu'Apollon tous les ans fait à votre louange.

JUPITER *à part.*

Et pour me faire honneur on m'immole à l'ennui !

SCENE VI.

CIBELE, JUPITER, JUNON, L'AMOUR, PSICHÉ, MOMUS.

MOMUS à la compagnie.

NE comptez point fur votre coriphée,
Du foin de vos plaifirs il a chargé Morphée :
L'un vaut bien l'autre au moins, & vous n'y per-
        drez rien.
    Morphée endort, Phébus ennuie ;
    Un fommeil naturel vaut bien
    Les pavots de la poéfie.

SCENE VII.

CIBELE, JUPITER, JUNON, L'AMOUR, PSICHÉ, MOMUS, MORPHÉE, LES SONGES.

CIBELE.

Dieu des songes, venez par vos illusions
Enchanter le repos du Maître du tonnerre :
En domptant les titans il délivra la terre
De l'empire des passions.

MOMUS.

Nous aurions grand besoin qu'elles vinssent en foule
Rendre la vie à nos sens langoureux :
Avec l'erreur qui plaît le tems passe, s'écoule :
Mais qu'un instant est long, est ennuyeux
Si le cœur ne l'emploie au désir d'être heureux !
Qu'en dit l'Amour ?

L'AMOUR.

Moi ? J'en juge de même.

MOMUS *à part.*

On te traite en enfant, on gêne ton pouvoir;
Il en est tems, connois ta puissance suprême,
Romps tes fers, parle en Maître.

L'AMOUR *fierement.*

Oui, je veux faire voir
Que c'est par moi qu'il faut qu'on aime;
Que ce n'est point l'hymen, ni le devoir
Qui peuvent inspirer une ardeur mutuelle.

JUPITER *à l'Amour, à part.*

Courage, mon enfant.

JUNON.

Comment petit rébelle;
Vous voulez déroger à nos antiques mœurs?

L'AMOUR.

Je veux les égayer, ranimer vos langueurs.

CIBELE.

Mais vous corromprez tout.

L'AMOUR.

Hé non, maman Cibele;
N'est-ce pas moi qui dois débuter dans les cœurs?

B v

Je viens toujours trop tard lorsque l'hymen m'appelle :

Fierement à Morphée, & aux songes qui auroient dû paroître sur la Scene.]

Vous, commencez vos jeux, vous serez de ma Cour.

Je prétends employer vos phantômes, vos songes ;

Ils dédommageront par d'aimables mensonges

Les amants qui seront infortunés le jour.

D'un faux bonheur la douce vraisemblance

Adoucira les rigueurs de l'amour.

MOMUS.

C'est quelque chose au moins, qu'au défaut du retour

Le sommeil réalise une vaine espérance.

[*On entend une simphonie bruyante, en imitation du bruit que font les ouragans.* *]

Morphée s'enfuit.

* Le dessein de l'Auteur étoit qu'on exécutât après ces deux vers de Momus une Fête de Songes, avec quelques Chants relatifs au sujet, & dont les paroles étoient composées ; que les vents fussent venus la troubler, & qu'après les quatre vers suivans de Momus, ils eussent dansé une entrée dans leur caractere, qui eût dispersé & fait fuïr Morphée & sa suite. Cela eût été plus suportable que quelques mesures d'une simphonie assez maigre, & qui n'a rien peint. Mais les Comédiens n'ont jamais voulu y consentir ; il est vrai que cela eût occasionné quelque dépense.

MOMUS *avec surprise.*

Quels cris ! quels sifflemens ! quel tapage dans l'air
Pluton a-t-il lâché tous les diables d'enfer ?
Voilà du neuf au moins ; donner une tempête
Pour amuser Junon, l'Amour & Jupiter !

SCENE VIII.

Les précédens Acteurs, EOLE.

MOMUS *à* EOLE *qui arrive tout essoufflé.*

Est-ce toi, gros joufflu, qui préside à la fête ?

EOLE.

Il s'agit bien, parbleu, de chansons & de vers !

JUNON.

Que veut dire ceci ? Parlez, parlez Eole.

EOLE.

Tout est bouleversé de l'un à l'autre pôle.
Borée en ce moment fait écumer les mers ;
Flore est flétrie, & Cérès se désole :

B vj

Pour la premiere fois l'hyver & ses glaçons
Font pâlir les mortels, & brûlent leurs moissons.

JUNON.

Qui peut desobéir à mes loix ?

EOLE.

                     Votre folle,
Elle seule a causé cet horrible fracas.

JUNON.

L'insolence d'autrui ne vous excuse pas.

EOLE.

D'un esprit de travers prévoit-on le caprice ?
Et d'ailleurs je dormois sans songer à malice,
Ainsi que dort un Dieu fénéant & trop gras ;
Sans bruit derriere moi la drolesse se glisse,
   Prend son poinçon, à mes outres fait jour !
Tous les vents à l'instant s'échapent, se déchaînent;
Sans respect pour leur maître, ils m'enlevent, m'en-
     traînent,
Me balottent entr'eux, & me font faire un tour
De l'aurore au couchant, de la terre aux planettes;
Enfin graces aux bonds, aux chocs, aux pirouettes,
Me voilà pour un an asmatique, & perclus.
(*à l'amour qui rit.*)
Vous en riez, beau fils, & vous aussi, Momus ?

(*à Junon.*)
Comptez qu'avec la folle ils sont d'intelligence ;
Depuis long-tems ils ne se quittent plus :
Ils trament quelque manigance
Dont il arrivera malheur.

Il sort.

SCENE IX.

JUPITER, CIBELE, JUNON, L'AMOUR, PSICHÉ, MOMUS.

JUNON.

Amour, seroit-il vrai que vous fissiez outrage
Aux respectables loix qui font notre bonheur ?

L'AMOUR.

Franchement, j'aime assez cette bruyante image :
Ce désordre m'anime, & je sens qu'à mon âge
Un coup de vent, quelquefois un orage
En réveillant le cœur, réchauffent ses transports :
Dans l'harmonie il faut varier les accords :
La constante splendeur d'un beau ciel sans nuage
Fatigue les regards, & déplaît à la fin.

CIBELE.

Ofez-vous bien tenir un tel langage ?

L'AMOUR.

Cibele , point d'humeur , quittez ce ton chagrin?

CIBELE.

De fa rebellion il faut faire un exemple.

L'AMOUR *lui faute au col.*

Non , baifez-moi plutôt : mais. . . . plus je vous
contemple. . . .
Oui , vraiment , vous avez l'œil encor très-fripon.

CIBELE.

Il eft charmant ; mais que-n'eft-il plus fage ?

L'AMOUR.

De cet œil en fon temps je ferai quelque ufage.
Pour la vénérable Junon ;
Elle a l'efprit quinteux, l'humeur féche & fauvage ;
Jamais l'amour n'en fera rien de bon.

PSICHÉ.

Que je crains , cher époux , qu'une inconftante
flâme. . . .

L'AMOUR.

Je ne vous puis encor rien dire de certain.
Mille ans de mariage, ah ! c'eft bien long Madame!

JUNON *à Jupiter à part.*

Il faut, Seigneur, reprimer ce mutin.

L'AMOUR *à Psiché.*

Il n'est point de constance à l'abri de ce terme.

JUNON *haut à Jupiter.*

Avec Saturne ordonnez qu'on l'enferme.

L'AMOUR *fierement.*

Je ne crains point l'effet d'un conseil inhumain ;
Et pour m'y dérober, je vais d'un vol rapide
  Fendre les airs, me transporter à Gnide.
Que tout dès cet instant reconnoisse l'amour :
J'étois dans le néant, & je nais de ce jour.

JUNON *avec aigreur.*

En faveur de nos loix si le destin décide,
Nous sçaurons bien ici fixer votre séjour.

L'AMOUR.

Si Jupiter l'interroge lui-même,
J'obéirai, Déesse, à son pouvoir suprême ;
[*d'un ton railleur.*]
Cependant, calmez-vous, jusques à mon retour.

 Un coup d'archet vif pendant que l'amour dispa-
roit avec les vents.

SCENE X.

CIBELE, JUPITER, JUNON, PSICHÉ, MOMUS.

JUNON.

Dans le fond de mon cœur je ne sais quoi
fermente ;
Cela me fut toujours d'un présage fatal.

JUPITER *ironiquement.*

Un accès de vertu peut-être vous tourmente ;
Vous fûtes de tout tems fort sujette à ce mal.
[*en la saluant profondément.*]
Je vous laisse, Madame, en bonne compagnie.

SCENE XI.

CIBELE, JUNON, PSICHÉ, MOMUS.

JUNON.

POUR la premiere fois il m'échape, il me fuit !
Au dédain le plus froid il joint la raillerie ?

CIBELE.

Autoriseroit-il l'Amour & la Folie ?

PSICHÉ.

Hélas ! tout est perdu, Madame, ils l'ont séduit.

SCENE XII.
MOMUS *seul.*

CECI prend, ce me semble, une heureuse
tournure,
Et le bon Jupiter s'y livre de grand cœur.
A-t-il tort ? Non, ma foi. Que Junon en murmure,
C'est dans l'ordre ; il faudra lui passer quelque
humeur.

Etre Dieu sans jouïr ! cet état est trop rude,
Autant vaudroit être homme. Ah ! le friand coup
   d'œil
Que la froide beauté d'une épouse trop prude !
La vertu sans gaîté de l'amour est l'écüeil,
     Et l'hymen une servitude.
Cependant il nous manque un des conspirateurs ;
Et nous comptons sur lui : Si Plutus n'est des notres,
S'il n'éblouït les yeux, s'il ne charme les cœurs. . . .
Bon ; avec la Folie il vient.

SCENE XIII.

PLUTUS, LA FOLIE, MOMUS.

PLUTUS.

PARLEZ, vous autres,
Je prétends sur mes droits stipuler avec vous.
Me prend-on pour un sot, & suis-je un Dieu de
   paille ?

LA FOLIE.

Mais de qui te plains-tu ?

PLUTUS *montrant Momus.*

De lui qui toujours raille.

MOMUS.

Lorsque tu dis un mot, c'est toujours en courroux.

PLUTUS.

C'est mon ton, j'ai de l'or; n'est-ce donc rien qui
    vaille ?
Il est tems, ventrebleu, que l'on sache son prix.
Je suis Dieu sans autel, oh ! je veux qu'on m'adore,
Respirer de l'encens, avoir mes favoris.
    Je prétends donc que mon métal sonore
Captive les regards des hommes éblouis.
    Si mes trésors cessent d'être enfouis,
Corbleu, j'aurai la vogue, ou le Ciel me confonde!

LA FOLIE.

Jupiter y consent, cours enrichir le monde;
    Mais en répandant ton métal,
Il veut que l'équité te rende libéral.

PLUTUS.

J'ai peu d'esprit, dit-on, & la vûe un peu basse;
En faisant tout sans choix, facilement on passe
Pour être sans malice, & fort impartial.

MOMUS.

Pour les gens à talens, je te demande grace,

PLUTUS.

Me feront-ils bien rire ?

MOMUS.

        Eh oüi, c'est leur métier.

PLUTUS.

Très-grassement aussi je saurai les payer,
Qu'on ne me parle point de ces gens à scrupules,
    Qui, hérissés de leur grosse vertu,
Prétendront s'en tenir aux antiques formules :
Bégueules & Pédants n'auront pas un fétu.
Oh ! qu'ils viennent, morbleu, me conter leur
    misere !
      J'aurai pour eux des oreilles de fer.

MOMUS *à part.*

    De ses faveurs le plan me paroît clair ;
Il va sur la matiere entasser la matiere.

LA FOLIE.

Ah, je t'en prie, il faut que tu m'aides un peu,
Et ton secours pourra m'être fort nécessaire :
D'ailleurs l'Amour sans toi n'aura plus si beau jeu.
Or donc quand tu verras que cet aimable Dieu
    Ne pourra parvenir à plaire,
    Parois alors, brusque l'affaire :
Si nous nous entendons nous mettrons tout en feu.

PLUTUS.

Parle, j'ai des milliards dont je ne sais que faire,

LA FOLIE *à Plutus.*

Ne t'embarrasse point, je serai ta caissiere.

PLUTUS.

Tant mieux, j'aime à briller ; je vais là-bas. Adieu,
Que je vais me gorger d'encens & de fumée !

MOMUS.

[*à part.*]
Jusqu'à l'ivresse.

LA FOLIE *arrêtant Plutus.*

Avant de quitter ce séjour
Il s'agit de prouver ton zèle au tendre amour.

PLUTUS.

Va.

LA FOLIE *à Plutus.*

Par la tyrannie, une belle opprimée
Perd ses beaux jours, gémit dans le fond d'une
tour.
Aux vœux de Jupiter il la rendroit sensible
Si sa prison pouvoit être accessible.

PLUTUS.

Que diable y faire ?

LA FOLIE.

Un très-bon tour.
Ecoute ; c'est un trait digne de la folie.
Si l'amoureux se transformoit en pluie ;
A la faveur du liquide élément,
Auprès de la jeune recluse
Il s'introduiroit aisément.

PLUTUS.

C'est bien dit ; mais en quoi puis-je aider à la ruse ?

LA FOLIE.

Ne pourrois-tu, dans le volume d'eau,
Faire couler quelque petit ruisseau
De ton brillant métal ? Ah, c'est le coup de maître !
Et l'or est un furet qui se glisse, pénètre
Partout où les mortels ont des mains & des yeux.

PLUTUS.

Tu peux faire partir le souverain des Dieux :
Tout ira bien si je m'en mêle.
[*à la Folie.*]
Dis-moi, combien t'en faut-il de quintaux ?

MOMUS *à part.*

Que les gens riches seront sots !

PLUTUS.

Si j'en faisois pleuvoir tout de suite une grêle ?

LA FOLIE,

(Pouffant Plutus dehors.)

Tu m'affomes, va-t'en. Cet imbécile Dieu
Ne connoîtra jamais le trop, ni le trop peu,

SCENE XIV,

LA FOLIE, MOMUS,

LA FOLIE.

Toi, Momus, refte ici : prends garde à tout ;
observe
L'inquiéte Junon ; mais fi tu vois Minerve,
Exalte fon favoir, & vante fon efprit ;
C'eft fon foible, & par où j'ai toujours fçu la
prendre,
Une beauté favante aifément s'atendrit
Quand on peut conftament l'admirer, & l'entendre]
Tu devrois y fonger.

MOMUS,

Qui moi ? Je n'en veux pas,
D'une époufe fcientifique
Je crains les faftueux appas,

La justesse géometrique
Nuit au plaisir, à l'agrément.
En fait d'amour, point de raisonnement ;
Et d'ailleurs je ne veux connoître la Physique
Que par expérience, en goutant mon bonheur ;
Et la Physique alors est toute dans mon cœur.

LA FOLIE.

Ne va pas, s'il te plaît, divulguer ta morale,
Elle pourroit un jour me faire bien du tort.
La femme bel esprit est de droit ma vassale,
Et ce travers sera de mon ressort.

Je crois que Jupiter s'impatiente fort ;
Je vais le joindre, adieu, Venus paroît : silence,
Amuse-toi de sa tendre indolence,
Et moi, de l'univers je vais régler le sort.

SCENE

SCENE XV.

MOMUS, VENUS.

MOMUS.

Vous revez! qu'avez-vous ?

VENUS.

Une peine cruelle.

MOMUS.

Confiez-vous à moi , Vénus, je suis discret.

VENUS.

Des Déesses je suis surement la plus belle.

MOMUS.

Qui vous l'a dit ?

VENUS.

Eh , mais , je me crois telle.

MOMUS.

C'est sans replique, est-ce là le sujet
De votre chagrin ?

VENUS.

Oui.

C

MOMUS.

La cause en est nouvelle.

VENUS.

Comment, j'aurai des graces, des attraits,
Des Amours je serai la mere,
Et l'on ne me dira jamais
Un mot flateur sur mes yeux, sur mes traits ?
En vérité cela me défespere.

MOMUS.

Sur cet article-là, tous nos Dieux font muets :
Les loix de l'age d'or défendent le langage
De la fleurette, & des propos coquets.

VENUS.

Je n'ai que la beauté, c'est tout mon appanage.

MOMUS *ironiquement.*

Je vous plains.

VENUS.

Mais de quoi me fert cet avantage,
Si perfonne ne m'en dit rien ?
Si je pouvois, du moins, recevoir un hommage,
M'entendre un peu louer.

MOMUS.

Cela donne un maintien.

VENUS.

Oh, je n'en serois pas pour cela plus coquette;
Je voudrois seulement humilier Junon,
Qui, plus que moi, prétend à la beauté parfaite.

MOMUS.

Oh ! c'est impardonnable, & vous avez raison.

VENUS.

Belle comme je suis, devoit-on me contraindre
A recevoir la main d'un Forgeron?

MOMUS.

Allons, allons, vous n'êtes pas à plaindre.

VENUS.

Encore, si j'étois l'épouse d'Apollon.

MOMUS.

Un mari beau génie, Orateur, ou Poëte,
Pour une jeune femme est une triste emplette ;
Et des gens qui ne font que des frais en esprit,
Ont bien-tôt près du sexe épuisé leur crédit.

VENUS.

Que pensez-vous de Mars?

MOMUS.

Oh, pour celui-là, passe,

C ij

C'eſt raiſonner, & voilà du réel :
En effet un guerrier connu pour ſon audace
Eſt ordinairement aſſez eſſentiel.

SCENE XVI.

VENUS, L'AMOUR, MOMUS.

VENUS.

D'Où venez-vous, mon fils ?

L'AMOUR.

Du plus joli voyage :
En vérité j'ai vû des minois & des yeux
Eblouiſſans, dignes de plaire aux Dieux.
De quelques vieilles mœurs j'ai réformé l'uſage. ....
Si vous ſaviez auſſi combien j'ai fait d'heureux !

VENUS.

Junon eſt irritée, elle eſt haute, elle eſt prude ;
A ſa mauvaiſe humeur, mon fils, dérobez-vous.

MOMUS.

Belle Vénus, n'ayez aucune inquiétude,
Nous ſommes de complot avec ſon cher époux !
En êtes-vous fâchée ?

V E N U S.

Oh non, j'en fuis ravie.
Mais ne puis-je favoir quel eft votre projet?

L' A M O U R *étourdiment.*

Nous l'avons concerté, moi, Momus, la Folie....

M O M U S.

Doucement, petit indifcret.
Déeffe, reprimez, s'il vous plaît, cette envie ;
Vous n'êtes pas d'un fexe à garder un fecret,
S'il étoit divulgué....

V E N U S.

Mais la Folie eft femme.

M O M U S.

Que voudriez-vous qu'elle fût ?
Quand le fexe au furplus veut conduire une trame
Il ne parle jamais qu'en arrivant au but,
C'eft fon plus grand effort, fon plus rare attribut.

V E N U S *à fon fils.*

Votre amitié pour moi n'eft guères complaifante.

L' A M O U R.

Je m'en vais vous prouver qu'elle eft très-préve
nante.
A ma belle maman je veux faire un cadeau,

Des plus intéressans & d'un genre nouveau.
(*Il lui fait voir un miroir de poche , sans l'ouvrir.*)
Voyez-vous cette boëte ? Eh bien , elle renferme
Un prodige , un tréfor. Non , je n'ai point de terme
     Pour exprimer combien je fuis ravi
De l'heureux changement que j'ai produit dans
  Gnide.
Oh , ce n'eft plus un peuple inanimé , ftupide.
Si-tôt que je parois , tous les Arts à l'envi
Deviennent inventifs , & me prennent pour guide.
Que le défir de plaire eft fécond & rapide !
    (*En ouvrant la boëte.*)
Avec un peu de fable & quelques gouttes d'eau ,
Sous mes yeux on prépare une pâte liquide ;
Et d'abord une Belle , au défaut d'un fourneau ,
La préfente un inftant au feu de mon flambeau :
Soudain , j'y vois briller la fidelle peinture ,
    Et l'inconcevable tableau
    De tout ce qu'offre la nature.
(*En lui donnant la boëte.*)
Prenez , maman.
      VENUS *furprife.*
       Quelle eft cette aimable figure ?
J'en fuis prefque jaloufe , il n'eft rien de fi beau.
      L'AMOUR.
J'en penfe ainfi que vous ; cet objet , c'eft vous-
  même.

VENUS *transportée.*

Dieux ! c'eſt moi ! quels tranſports ! mon plaiſir eſt
    extréme.
Me trompois-je, Momus, quand je diſois qu'au ciel
    Il n'étoit rien qui me fût comparable ?

MOMUS *en demandant la boëte.*

Prêtez, Vénus : ſi donc ! il n'eſt pas naturel
Que je ſois auſſi laid ; je me croyois aimable.
En revanche je ſuis aſſez ſpirituel :
    L'eſprit, dit-on, eſt la beauté de l'homme. . . .

VENUS *à Momus.*

Il eſt ingénieux à ſe dédommager.

  (à ſon fils en lui montrant une mouche qu'elle a
priſe dans la boëte.)

    Que vois-je encor ? Comment ſe nomme
Ce petit objet noir ?

L'AMOUR.

        D'un inſecte léger
    Que ſur terre on appelle mouche.
    Il a pris le nom. Le hazard
Le fit voler ſur l'œil, ſur le front, ſur la bouche
    D'une adroite Beauté, dont l'art
En imita ſi bien l'éclat, la couleur noire,
Que je ne penſe pas qu'on puiſſe pour ma gloire,
    Rien inventer qui ſoit plus meurtrier.

VENUS.

    Oh, dans l'inſtant je vais en eſſayer.

L'AMOUR.

Me boudez-vous encor ?

VENUS.

Je n'ai plus de colere.

L'AMOUR.

Et je serai toujours mon bonheur de vous plaire.

VENUS *se regardant avec transport.*

Dans ces traits, dans ces yeux rien n'est à désirer.
Ah, Momus, ah mon fils, que je vais m'admirer !

MOMUS.

Dans peu, Vénus, vous voudrez l'être.

VENUS.

Sans m'éloigner je vous quitte un instant ;
Vous avez, dites-vous, un dessein important ;
Puisque vous l'exigez, je n'en veux rien connoître.

L'AMOUR.

S'il réussit, comptez que dès ce jour
Vous serez la reine des Graces ;
Que j'enchaînerai sur vos traces
Tout le cortége de l'Amour.

[*Vénus sort.*]

MOMUS.

Voilà le sexe ; il boude, un bijou le console.

SCENE XVII.

L'AMOUR, LA FOLIE, MOMUS.

MOMUS.

Quelle nouvelle, aimable folle ?

LA FOLIE.

Tout va bien. Jupiter charmé de mon projet
M'en contoit dans l'instant du ton le plus coquet :
Audevant du plaisir son cœur déja s'envole ;
Mercure se dispose à partir dès demain.
Il n'est plus question que d'une bagatelle,
D'une fadaise, sur laquelle,
Pour la forme on veut bien consulter le destin ;
Après quoi, cher Amour, je te donne la main,
Et qui plus est, liberté, carte blanche.

L'AMOUR.

Mais le destin pourroit s'expliquer de façon.

MOMUS.

Jupiter n'a-t-il pas le destin dans sa manche ?
D'ailleurs il a le droit de parler en son nom.

LA FOLIE.

Cependant, pour qu'il fût plus sûr de sa leçon,
Tête à tête avec lui j'ai composé l'Oracle.
C'est une rare pièce ! Il n'est donc plus d'obstacle.
Le reste, Amour, dépend de toi.

C y

L'AMOUR.

S'il est ainsi, compte sur moi..

LA FOLIE.

Expliquons-nous ; te sens-tu du courage ?

L'AMOUR.

Autant qu'un tigre, & je m'engage
A tout risquer pour réussir.

LA FOLIE.

Prends-y garde ; l'épreuve est rude à soutenir.
Elle est par Jupiter arrêtée & conclue ;
L'oracle sans cela ne sauroit s'acomplir,
Et selon notre plan tu dois perdre la vûe.

L'AMOUR.

A cet expédient as-tu long-temps rêvé ?

LA FOLIE.

Non ; croi-m'en, si tu veux, je l'ai d'abord trouvé.

MOMUS.

Avec de l'esprit rien ne coute.

L'AMOUR *à la Folie.*

Pour me fier à toi je l'avois bien bouché.

LA FOLIE.

Tu vas donc, pauvre sot, retrouver ta Psiché ?

L'AMOUR.

Il vaut mieux enrager que de ne voir plus goute.
(*L'Amour s'en va.*)

LA FOLIE.

Fripon, si tu ne m'étois cher,
Je t'abandonnerois : la, la, reviens, écoute,

L'AMOUR *en revenant.*

Je suis sourd, si je ne vois clair.

LA FOLIE.

Mais, du bon sens tu n'as pas l'ombre.
C'est pour ton bien qu'on te prive des yeux :
Quand nous serons unis tous deux,
Conçois que tu feras des sotises sans nombre,
Et qu'à moi seule on les imputera.

MOMUS.

S'il n'en est cru l'Auteur, il aura moins de gloire.

LA FOLIE.

Ce sera toujours lui qui les inspirera.
Hé. . . . Ce destin dont j'ai griffoné le grimoire,
Et dont déja le Livre est chargé d'un arrêt ? . . .

L'AMOUR.

Tu n'as qu'à le biffer.

LA FOLIE.

Il est ineffaçable.

L'AMOUR.

Mais tu l'as fabriqué ;

LA FOLIE.

D'un stile irrévocable.

C vj

L'AMOUR.

Quand la Folie y met ce qu'il lui plaît,
Il faut que j'en fois la victime ;
Ne fe peut-il qu'on le fupprime ?

MOMUS.

Oh, ce deftin eft diablement têtu !

L'AMOUR *en s'en allant.*

Bon jour.

LA FOLIE *l'arrêtant.*

Attends. . . . Fort bien. . . Je trouve une tournure...

L'AMOUR.

De ton efprit je crains encor quelque impromptu.

LA FOLIE.

Tu l'approuveras, je te jure.
Comme Dieu des amans, tu dois favoir mentir.

L'AMOUR

J'ai jufques à préfent peu connu l'art de feindre.

LA FOLIE.

Comment, tu ne pourrois fangloter & gémir ?
Si d'un mal fuppofé tu ne fais pas te plaindre,
Tu ne mérites pas d'être Dieu du plaifir.

L'AMOUR.

Allons donc ; mais au moins je ne veux pas fouffrir.

LA FOLIE.

De ce bandeau je vais te ceindre ;

En le mettant fort bas , il cachera tes yeux :
Tu te plaindras alors en criant de ton mieux
    Que dans un accès de colere
Je t'ai brutalement fait perdre la lumiere ;
Nous verrons à tes cris accourir tous les Dieux. . . . ;
Avant tout , discutons un point plus sérieux.
Te sens-tu pour l'hymen un penchant bien sincere ?
Ne te gêne pas , voi ; nous épouserons nous ?

L'A M O U R,

Cette formalité me paroît nécessaire :
De nos prudes il faut prévenir le courroux.
De ma fade Psiché si je restois l'époux ,
    Autant vaudroit laisser là notre affaire.

LA FOLIE

M'aimeras-tu ?

L'A M O U R.

    Selon ; tantôt plus , tantôt moins :
Mais qu'importe après tout ? Nous emploierons nos
    soins ,
Bien moins à nous aimer qu'à ne nous pas déplaire.

M O M U S.

Fort bien , elle sera ta femme titulaire.

L'A M O U R.

Je serai son ami. Si pourtant le Destin
Vouloit bien nous permettre un hymen clandestin ;
Une femme en ce cas vaut presque une Maîtresse,
Et le mystere alors r'anime la tendresse.

LA FOLIE.

S'il le veut, j'y consens. Ajustons ce bandeau,
en l'envisageant avec transport.
Te voilà donc enfin comme je te désire.
Viens, Amour, dans mes bras respirer mon délire.
Tu recules ?

L'AMOUR.

Je crains le transport au cerveau.

LA FOLIE.

Ah, tu railles ? tant mieux, j'aime le badinage,
Et c'est pour notre hymen le plus riant présage.

L'AMOUR *d'un ton inquiet.*

Je ne vois presque point.

LA FOLIE.

Tu verras par mes yeux.

L'AMOUR.

Des miens, de tems en tems je reclâme l'usage.

LA FOLIE.

Quand tu rencontreras un amant tendre & sage,

MOMUS *à part.*

Chaque siécle il pourra voir une fois ou deux,

LA FOLIE.

Allons crie, il est tems, fais retentir les Cieux,
Il s'agit d'obtenir un arrêt de divorce
Qui d'ailleurs contiendra que pour me bien punir

Je guiderai tes pas à l'avenir,
Allons donc.

L'AMOUR en criant.

Ah ciel !

MOMUS.

Bon ; & de toute ta force.

L'AMOUR criant.

Ha !

MOMUS.

J'aperçois Vénus, les Dieux & Jupiter.
(à l'Amour.)
Souviens-toi bien surtout que tu ne vois pas clair.

SCENE XVIII.

VÉNUS, L'AMOUR, LA FOLIE,
MOMUS.

VÉNUS émue.

Qu'avez-vous donc, mon fils ?

L'AMOUR.

Ah ! c'en est fait, ma mere ;
La Barbare à l'instant vient, par un coup fatal,
De me priver des yeux.

VÉNUS.

Détestable Mégere ;,
Quel monstre t'a soufflé cet excès infernal ?
Que Pluton pour ta peine invente des suplices.
[prenant l'amour dans ses bras.]
O mon fils, mon cher fils, ma gloire mes délices !
Je ne verrai donc plus ces yeux où la candeur
M'exprimoit tendrement la bonté de ton cœur !

SCENE XIX.
Les mêmes, JUPITER.
VÉNUS *à Jupiter.*

Vous voyez cet enfant, cet objet déplorable ;
Hâtez-vous de punir un forfait exécrable.
JUPITER *à Vénus,*
Je voudrois te venger, j'aprouve ta douleur ;
Mais le fort a lui-même arrêté ce malheur.
De son motif impénétrable
N'approfondissons point la cause véritable :
Ma fille, il a parlé ; le reste est dans son sein.
Tout est changé, troupe immortelle,
L'AMOUR.
[à sa mere, à part, d'un ton affectueux.]
Consolez-vous, paix, j'ai l'œil assez fin
Pour voir que la douleur vous rend encor plus belle.

SCENE XX.

JUPITER, VÉNUS, PSICHÉ, L'AMOUR, LA FOLIE, MOMUS, & autres Dieux.

JUPITER.

Ecoutez le décret de l'auguste destin.
L'Amour est aveuglé, le siécle d'or expire,
D'autres mœurs vont regner sur tout ce qui respire,
La Folie en ôtant la vûe à Cupidon
Remplit les loix du sort : mais pour punition
 L'immuable Destin décide
 Qu'elle sera son épouse & son guide.

PSICHÉ.

Quel détestable arrêt ! voilà donc de tes jeux.
 O Destin aveugle & barbare !

L'AMOUR.

C'est moi qui dois me plaindre, il m'en coute les
yeux

PSICHÉ.

Non, cher époux, en vain on nous sépare....

JUPITER à Psiché.

Sur lui dans ton malheur, tu réserves des droits,
 Tu le verras encore quelque fois.

Le deſtin en outre déclare,
Que la ſage Pſiché pourra deux fois par an
Guider les pas du Dieu de la tendreſſe
Chez les rares Mortels, qu'un noble ſentiment
Saura fixer auprès de leur maîtreſſe;

LA FOLIE.
(à Pſiché)

Deux fois! il faudra bien vous le prêter, Déeſſe.

Pſiché en larmes ſort, ainſi que les Dieux convoqués.

SCENE XXI,
JUPITER, L'AMOUR, LA FOLIE,
MOMUS.
LA FOLIE.

REſpirons maintenant, l'Oracle a réuſſi,
(à l'amour)　　　　*(à Jupiter)*
Fripon, donne la main ; cher papa, grand merci.
L'univers eſt à moi ; Plutus eſt ſur la terre.

L'AMOUR *à Jupiter.*

Il vous a précédé, partez, Dieu du tonnerre ;
Votre conquête eſt ſûre, en marchant ſur ſes pas ;
Danaé vous attend.

JUPITER.
　　　　　　Tu ne viendras donc pas ?

L'AMOUR.
Où Plutus eſt, je n'ai que faire.

SCENE XXII,

LA FOLIE, L'AMOUR, MOMUS,

L'AMOUR.

Ferons-nous une noce ?

MOMUS.

Amusement vulgaire,
Insipides apprêts du triomphe d'un jour,
[*à l'amour*]
C'est ainsi que l'Hymen , ton risible adversaire
Très magnifiquement prend congé de l'Amour.

LA FOLIE *à l'Amour.*

Je veux cependant pour te plaire ,
Présenter à tes yeux dans un tableau riant ,
Tout ce que les Mortels soumis à ta puissance
Feront de plus extravagant ,
Quand ils seront guidés par mon intelligence.

SCENE DERNIERE.

LA FOLIE, L'AMOUR, MOMUS,
les Jeux & les Plaisirs sous différens
déguisemens.

LA FOLIE.

VENEZ Jeux & Plaisirs, figurez-nous d'avance
De mes clients futurs les caprices divers ;
Rendez-nous par le chant, peignez-nous par la
    danse
Du délire amoureux les comiques travers :
      N'oubliez pas, qu'un jour en France
      J'aurai mes plus chers favoris.
    Ne craignez point d'outrer le coloris ;
      Ma plus précieuse influence
      Dominera sur leurs esprits.
    Triste raison ne vient point pour ta gloire
Par tes froides leçons balancer ma victoire :
On pourra t'admirer, on lira tes écrits ;
Qu'en sera-t-il ? crois-tu qu'un peuple épris
      Du badinage & de la mode
De tes moralités veuille sentir le prix ?
Tu ne fais qu'affliger, moi je flatte, je ris,
      Et la Folie est bien moins incommode.

DIVERTISSEMENT.

Marche des suivans de l'amour & de la Folie en
habit de caractere : une vieille bourgeoise avec un jeune Gascon habillé succinctement en vert, en ceinturon,
en couteau de chasse, un Vieillard, richement & ridi-
culement habillé avec une jeune fille modestement mi-
e, un petit Maître avec une petite Maîtresse, un
Officier maigrement acoutré avec une grosse Finan-
ciere, un Financier avec une Danseuse de l'Opéra ha-
billée en Flore, un Robin avec une petite fille en gri-
sette, un Goutteux avec sa Gouvernante, un Paisan
avec son amoureuse.

L'AMOUR & LA FOLIE à la tête.

Paroles sur l'air de la Marche.

Tu chasses le chagrin,
Déesse du vertige,
Sur tes pas le plaisir voltige,
Ton triomphe est certain. *bis.*

Folie enchanteresse,
D'un air léger, d'un ton badin
Tu calmes la tristesse
Du cœur humain ;
Trop de raison est son venin,
Ne point penser, c'est bêtise,
Trop réfléchir, c'est sotise.

Tu chasses, &c.

Il est inutile de donner le Programe d'une fête qu'on
ne reverra plus, & qui d'ailleurs a été très-foiblement
rendue. On se contente de donner la petite scene sui-
vante qui a été chantée.

UNE JEUNE BERGERE, L'AMOUR.

LA BERGERE.

Charmant Amour,
Que dois-je faire ?
Depuis un jour
Un Berger fait me plaire :
Sa flâme me paroît sincere ,
Depuis un jour
Charmant Amour
Que dois-je faire ?

L'AMOUR.

L'éprouver, & vous taire.

Tant que la rose dans son sein
Renferme ses graces timides,
Sa pudeur rebute l'essain.
Des papillons perfides.
De trop plaire a t'elle dessein :
Elle s'entr'ouvre , & la coquette
Prête l'oreille à la fleurette,
Et s'en repent le lendemain.

LA BERGERE.

Combien faut-il que sa constance dure ?
Je n'aime point à voir souffrir :
Si je l'en crois les peines qu'il endure
Le feront sûrement mourir :
Je n'aime point à voir souffrir.

L'AMOUR.

S'il persévere
Pendant huit jours,
Cessez alors d'être sévere :
Ce sera désormais le cours
Qu'auront les plus tendres amours.

FIN.

J'Ai lû par ordre de Monseigneur le Chancelier une Comédie qui a pour titre : *la Folie & l'Amour.* Cette Piece que plusieurs Connoisseurs avoient jugée digne du fort le plus brillant regagnera sans doute à la lecture les suffrages qu'elle auroit dû trouver au Théâtre, & je crois que l'on peut n permettre l'impression ce 19 Octobre 1754.   CREBILLON.

UN HOMME.

ARISTE, grave & vertueux
Etoit l'honneur de sa famille ;
En bon pere il pourvoit sa fille ;
A la nôce il voit deux beaux yeux :
Le vieillard soupire, il succombe ;
Il croit être un jeune matou :
Et l'himen grava sur sa tombe :
Il vêcut sage, il mourut fou.

UNE FEMME.

Insensible dans mes beaux jours,
Je frondois prudes & coquettes ;
Je dévoilois des sots amours
Les intrigues les plus secrettes :
Médor parut, il eut mon cœur,
L'amour corrigea mon humeur ;
J'approuvai tout, je fus discrette :
Pour raison je devins muette.

UN HOMME.

De Thersite admirez le sort,
Il est la preuve du grand œuvre ;
Tantôt singe, tantôt couleuvre,
Il saute, il rampe, il flate, il mord.
Bien-tôt de sa grossiere écume
Il se dégage, il prend essor :
Plutus le mit sur son enclume ;
Il étoit plomb, il devint or.

UNE FEMME.

J'étois belle aux yeux de Moéris ;
J'étois sa Reine, sa Déesse,
Et nos deux cœurs étoient épris
D'une mutuelle tendresse.
Pour se rendre digne de moi,
Il s'intrigue, il prend un emploi,
Il est Caissier, tout lui succéde ;
Il devint riche, & je fus laide.

UN HOMME.

Pour se donner quelque relief
Damis, bienfait, mais d'esprit mince,
Plein d'espoir quitte sa Province,
Et vient en Cour manger son fief.
Il fait la roue, il en impose
Par ses grands airs, par son éclat ;
Qu'y gagna-t'il ? bien peu de chose,
Il étoit sot, il devint fat.

UNE FEMME.

Du plus aimable des époux
Pendant deux mois je fus l'idole ;
Tendre, galant, presque jaloux,
Il m'aima tant que j'en fus folle.
Malgré mes pleurs il m'échappa,
Et courut tant qu'il s'éclopa ;
Pendant dix ans j'eus beau l'attendre ;
La goute enfin sçut me le rendre.

L'AMOUR.

Psiché ne manque point d'appas,
Mais sa tendresse est trop paisible ;
Pour fixer un mari sensible,
La sagesse ne suffit pas,
Puisque l'amour n'est rien sans flâme,
Un feu brillant doit le nourrir ;
Trop de froideur chez une femme
L'éteint bien-tôt, le fait mourir.

*M. Giraud, de l'Académie Royale de Musique, a composé
celle de ce Divertissement.*